少年兒童出版社

英雄英雄我愛你

何元亨 著

目錄

序

生命的功課

向陽

生離，死別，看似平凡，其實不捨。

第一次見到元亨校長，是我擔任國立臺灣師範大學國文研究所碩士在職專班論文口試委員的時候，他同時也是我任教的國立臺北教育大學的傑出校友。這些年，透過臉書，看見元亨校長經營學校之餘，持續創作、出版，實屬不易。

讀過《英雄英雄我愛你》這本書，內心萬分沉重。基於臺灣人的傳統觀念，捐贈器官更是一個煎熬的決定。這個決定，讓主角的生命得以延續，得以遺愛人間，造福更多人。

現實生活中，器官受贈的對象必須保密。作者發揮無限的想像力，鋪陳出一篇篇感動的故事；刻意安排器官受贈對象，分布在臺灣各地，兼顧性別及不同的年齡層。我猜想作者應是要表達有許多同胞急需各式各樣的好器官，才能維持生命，並且提升生活品質。這樣的安排，揭示生命延續的意義，也宣揚大愛精神。

生命是一場精采的行旅；有的短暫，有的綿長。主角短暫的生命，卻創造無限的精采。在我的詩〈行旅〉中，有一句：「我尋找你，在通往終點的驛站。」要與讀者共勉；在到達生命的終點前，我們都要在每個驛站停下腳步，尋找生命真正的意義。期盼所有的讀者，珍惜身邊的所有人，珍惜自己有限的生命。

行旅　向陽

我尋找你，在匆迫的行旅之中
如一尾魚，在纏牽的水草之中
我尋找你，在通往終點的驛站
我尋找你，在左右交困的路口
如一尾魚，我從眾多陌生的瞳孔辨識你

在闃暗的甬道之中，我遇見你
在廣袤的夜空之中，如一輪月
在人跡渺少的街角，我遇見你
在燈火睏眈的窗間，我遇見你
我從眾多無聲的臉容聽聞你，如一輪月

自序 虛構，但不虛假

偶爾會看到器官捐贈的新聞報導，成為我創作這本書的動機。本書故事純屬虛構，故事中的人物姓名也是虛構的，請讀者勿做過多聯想。

為了連結故事與讀者的生活，我發揮天馬行空的想像，構思出具體的受贈對象。故事中的主角甄英雄捐出眼角膜、胰臟、皮膚、肝臟、腎臟、心臟、骨骼、肺臟、小腸：眼角膜捐給男歌手，胰臟捐給賣水果的老婆婆，皮膚捐給大學女生，肝臟捐給高中女生，腎臟捐給小學男生，心臟捐給國中男生，骨骼捐給SBL男子籃球員，肺臟捐給果農，小腸捐給種竹筍的農婦。

每一篇故事敘述受贈器官的人們；各自的家庭背景，患病經過，並清楚的說明目前生活的情形。為了讓主角生命延續的跡象更明顯，我也刻意寫出受贈器官的人們，依舊保有主角一些些的人格特質，增添故事的人情味與趣味。當然，也會加上我的獨白或看法，提升故事的臨場感。

生命的意義，不在於生命存續的長短，而在於所創造的生命價值與綻放的生命光輝

插畫序

關於愛與勇氣的故事

帶著十個國小高年級的孩子為這本書畫插畫，一個孩子負責一個篇章，在視覺語彙的統整上是一大挑戰。透過孩子的視角呈現文字之外的寓意和風景令人期待，不可否認的，故事的靈魂永遠是最核心的所在，「愛」與「勇氣」是所有篇章共同的主題，歷歷如繪。

首次為孩子導讀一本小說，在小說還未出版之前。

孩子說：稍稍走在讀者的前面，像在偷偷進行一個秘密任務。

我說：圖像和文字一樣，總有些說不上來的地方，那是不可剝奪的屬於讀者的探索樂趣。

最興奮的是，孩子們為一個很棒的故事畫了插畫。

在〈你是我的眼〉這個篇章，故事中的「甄英雄」將眼角膜捐給男歌手。孩子在插畫中，用諾大的瞳孔反射出歌迷的熱情，細膩溫暖的觀察，精準呈現整個故事的「靈魂」。

〈好胰婆〉，讓你覺得好像早就識得此人。「甄英雄」將胰臟捐給賣水果的老婆婆，孩子則用畫筆幫老婆婆開了一扇希望的窗。

〈九天仙女〉，因塵暴毀容而接受皮膚移植的女孩，經過一番煎熬，最後重拾自信。孩子利用鏡像的手法呈現她心境的轉變，浴火重生，悲傷歡喜。

〈高中換肝女生〉，書本後方冉冉升起的太陽，舉重若輕地勾勒出「愛」與「希望」的命題。

〈洗腎男童〉，這個故事讓人牽掛的是：男童因為缺少一雙球鞋無法參加短跑競賽。畫面中，大大的球鞋，透露了孩子在故事裡體悟到了什麼。

〈求好心〉，「好心」有具象和抽象的意涵。孩子用數個手持接力棒的男孩的剪影，說明這是一個同儕互相扶持陪伴的故事。

〈有骨氣的籃球員〉，籃框前或跑、或跳、或飛的男孩身影，是孩子在插畫裡偷偷施展的魔法，想呈現的是表象沒有辦法看到的籃球員的內心。

〈換肺的老農〉，有「臺灣農業」、「石虎保育」等嚴肅命題，字字句句流露出作者對臺灣這塊土地的深情。孩子用畫筆讓肺開出一朵朵花、長出一棵棵樹，訴說著老農的重生，也象徵著：人在這片土地上的韌性和生命力。

〈陽生不老〉，無論晴天或雨天，默默守護著上下學的孩童的老農婦，讓人幾乎以為她必定曾經出現在你生活的某一角。孩子用一只舊皮箱收納農婦的日常，其他更多的想像則留給讀者。

「生命到哪裡去了？」

來，讓我們忘記這是一個以死亡為開頭的故事，讓我們跟孩子一樣，相信天使。

在孩子的認知裡，人死了以後都會化身為天使。因此，在每張插畫裡都會出現的「天使」，是故事主角「甄英雄」的化身。為統一十篇插畫觀看的方式，我們讓「英雄」以天使的方式呈現，象徵著他一直在默默地守護著故事裡的每一個角色，也彷彿是在訴說著：「儘管傷心有時，但愛不曾遠離；也許生命有盡，但愛卻無止無盡」。

因為有「愛」和「勇氣」，剎那永恆。

最後，希望你踏進故事裡，讓作者的文字，孩子的插畫，成為你的光，你的窗，願文字和插畫會一直留在你的心裡久久閃耀、燦爛無比。

還有，還有，必須感謝的十個插畫家：

英雄傳說／陳萱玉

你是我的眼／謝秉叡

好腴婆／徐芸芸

九天仙女／王宣之

換肝的高中女生／魏巧涵

洗腎男童／李智莉

求好心／陳冠豪

有骨氣的籃球員／黃偉誠

換肺的老農／林幸儀

腸生不老／劉若謙

可以圖像的方式分享一個很棒的故事，是一件多麼開心的事啊！

蔡秀佳于新莊

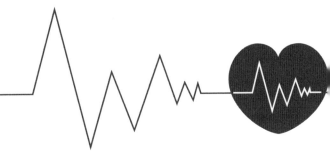

英雄傳說

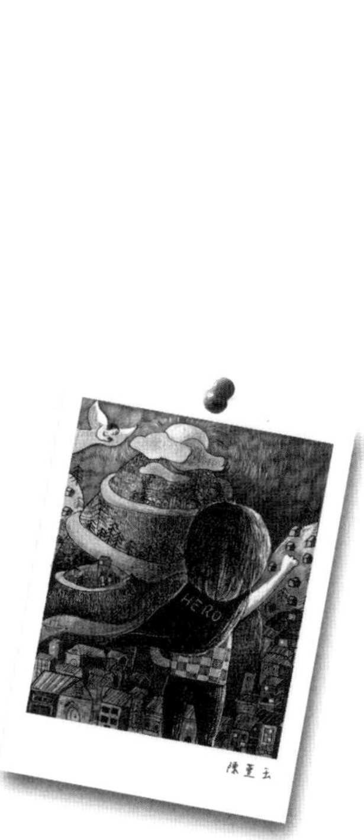

我是甄英雄。我的名字雖然是英雄，但不是大家傳說中的英雄。其實，我只是一個平凡人而已。

從小，同學給我取的第一個綽號就是「真英雄」，從第一個綽號開始衍生出許多各種有關英雄的綽號。有些同學會嘲弄我是「假英雄」，也有些同學會戲稱我是「英雄傳說」，更有些同學會開玩笑的說「英雄英雄我愛你」。

說真的，聽到專屬於我的綽號當下，會有點難過；特別是在各項表現差強人意的時候。「英雄」二字真的好沉重，常常壓得我喘不過氣來。

我在農村成長，每天放學後，除了家人陪伴外，生活周遭就是農作物、昆蟲、鳥兒等自然萬物。從小，我的成績也不是名列前茅，跑步也不是特別快，唯有籃球打得還不錯，但我自認為打得最好的球類是躲避球。看起來，我真的跟「英雄」沾不上一點邊。不過，我的歌聲還不錯，曾經被老師選入合唱團，參加合唱比賽。

偶爾，我會陷入「英雄」的深淵。我知道名字是父母親對我的期待，但我表現總是不如人意。有一段時間，我封閉自己，把自己關在只屬於我的世界裡，拒絕和同學們有任何的交往。當然，這樣的結果，讓我幾乎沒有朋友。因此，我感到相當痛苦。直到國小四年級的老師對我說：「英雄，英雄就是凡事盡力就好，做人善良誠實就好，孝順父母，友愛兄弟，隨時關心別人，幫助需要幫助的人。將來，做一個有用的人就好。」老師説的話很簡單，卻可以讓我勇敢的走出象牙塔。從那以後，老師説的一番話，就是我對「英雄」的標準。

長大後，我離開家鄉到城市求學、工作。我一直記得老師説過：做一個有用的人。平淡的日子一天一天過去，時間在我的指尖悄悄溜走。不知道過了多久，我和一般人一樣結婚生子，每天，規律的生活步調，讓我不需要再承擔「英雄」的包袱。

幾年前的一場意外，警察先生在我的皮夾裡找到一張器官捐贈卡，那是紀念我二十歲生日簽署的。醫院徵求家人同意後，在我嚥下最後一口氣前，完成我捐贈器官的心願。此刻，人世間的「英雄」再也不會出現，我要到另一個國度，繼續當一個自己認為的「英雄」，不需要別人稱讚我是「真英雄」或是「傳說中的英雄」，我就是我，一個平凡的「英雄」而已。

在我投胎轉世前，腦海中依稀還記得老師説過的話：隨時關心別人，幫助需要幫助的人。在這個國度裡，我顯得更平凡了。等一切就緒後，我便要啟程到各地探望接受我器官捐贈的人們，希望他們可以活得更自在更快樂。

HERO
陳萱玉

你是我的眼

第一個探望的對象，是接受我眼角膜移植的人。

那個男人叫做王大衛，大約三十幾歲，老喜歡戴墨鏡，就算在室內也一樣。他習慣在人前戴墨鏡，害怕別人看見他稍微塌陷的眼窩。他是個盲歌手，只能以特色的聲音吸引粉絲們的追隨。今天晚上，是他生平第一次在臺北小巨蛋開演唱會，更是他第一次要以廬山真面目面對廣大的歌迷。

素顏彩排後，化妝室可熱鬧了，他終於摘下墨鏡，讓化妝師梳理化妝，看他的顏值，算是偶像歌手層級。只是，他帥氣的臉龐老被墨鏡遮掩住。我的眼角膜就是捐給他，將近二十年的黑暗世界，這一刻，他重獲光明。稍微塌陷的眼窩，經過美容重建手術後，一點兒都看不出來。距離演唱會的時間大約只剩一小時，化妝師從容的為他點上口紅，再吹出適合他的西裝頭。

在化妝室裡，隱約可以聽到動次動次的重金屬音樂，男歌手心裡很清楚那不是他的風格，只是DJ要炒熱演唱會氣氛的前奏而已。小巨蛋已擠滿人潮，主持人帶著大家高喊男歌手的名字：王大衛。不過，喊完後，依舊不見男歌手現身，這樣的橋段，我在聽五月天演唱會的時候也看過。我坐在男歌手身旁，不過，他看不見我。

王大衛從座位上起身，助理習慣性的攙扶，卻被他反射性的甩開手，連助理也忘記他已經重獲光明，助理羞愧得低下頭來，尷尬得漲紅臉。助理走在王大衛左後方，我跟在他們後面。到了升降舞臺準備區，會場尖叫聲不斷：王大衛……他緩緩走上圓柱體的升降舞臺，隨著舞臺緩緩上升至平面舞臺。歌迷高聲吶喊，瘋狂的尖叫，只見他嘴唇一抿，左手食指刻意指向眼睛的位置，數萬人的會場頓時安靜下來，接著往臺下歌迷一指，全場開始吶喊嘶吼：「王大衛、王大衛……」

當電吉他彈奏起亞洲天團五月天〈倔強〉這首歌的前奏，全場又再次安靜，王大衛要求大家點亮手機的燈光，剎那間看到藍色星海，歌迷整齊的翻海報的動作，宛如畫出一道美麗的彩虹。我站在他旁邊，順便享受接受萬人歡呼的「Ｆ」，我心裡可納悶，他為什麼不唱自己的歌開場呢？沒想到，王大衛的歌迷裡也藏有許多五迷，會場合唱這首〈倔強〉，演唱會氣氛一開場就相當ＨＩＧＨ。

音樂停止後，歌迷再次吶喊：「王大衛、王大衛……」

他再次用左手食指比了比自己的眼睛，然後開口說：「我很怕你們的聲音會再度震瞎我的眼睛！」

當他說完這句話，臺下歌迷笑成一片。

他接著又說：「各位好朋友，今天，是我第一次站上小巨蛋舞臺，也是我第一次睜大眼睛，仔細的看著你們。」說到這裡，他哽咽了。

「王大衛加油、王大衛加油……」歌迷大叫，許久未停歇。

我看著汗珠摻著淚水從他額頭滑落，助理趕忙拿面紙衝上臺幫他擦汗，他抽了幾張面紙，轉過身擤鼻涕，真不愧是偶像，連擤鼻涕也要顧及形象。

「王大衛我愛你、王大衛我愛你……」滿場歌迷的熱情，真情告白的聲音此起彼落。

「英雄英雄我愛你、英雄英雄我愛你……」我想起小時候，同學也會這樣的對我說。

等他轉過身來，以左手食指輕摀嘴唇，示意歌迷安靜下來，接著說：「唉！今天，我不哭，因為，我可以再度看見這個美麗的世界！可以看見你們的熱情。我真的很感謝……我等待眼角膜移植好長一段時間，幾乎都想要放棄了，沒想到在我生命結束前還有機會。真心感謝捐給我眼角膜的好人，讓我重見光明，二十年來，我都生活在黑壓壓的世界裡。今天，我終於知道絢麗繽紛的燈光如此迷人，你們的笑容這麼甜美。感謝捐給我眼角膜的陌生人，雖然我不知道他是誰？但是，我一定要好好的為他唱一首歌，我的新歌：謝謝你的眼睛。」

他又再度轉過身拭淚，停頓了許久。清清喉嚨，向樂隊指揮點點頭。前奏響起……

「謝謝你的眼睛／讓我走出黑暗的情境／讓我看見美麗的世界／

謝謝你的眼睛／彌補我內心的缺陷／創造光明的人生……」

當我聽到王大衛唱起這首歌，不禁默默流淚，我只是捐贈我再也用不到的器官而已。表面上看起來，我幫助他重見光明，實際上，他也幫助許多歌迷，聽到他的歌聲而受到鼓舞、開心。

演唱會最後一首歌是閩南語歌「感謝你的愛」，全場大合唱，儘管王大衛情緒激動，好幾次被哽咽打斷，他把麥克風遞向全體歌迷，歌迷也能夠順利接唱，一直到唱完這首歌。

演唱會結束後，我跟著王大衛回家，他跟阿嬤住在市郊的公寓四樓，建築物看起來相當的簡樸老舊。進入房子後，聽他們祖孫對話，我才得知他是一個孤兒；父母親在他國中的時候，在一次空難中過世。原本，阿嬤還擔心不知道如何拉拔他長大？想不到，國中老師發覺他的歌唱天分，幫他報名電視臺的歌唱比賽，竟然得到第二名。高一時，便發行第一張唱片，唱片公司以盲歌手為宣傳亮點，成功的行銷王大衛的唱片，也解決祖孫倆的生活費。

忙碌的王大衛，沒有太多的時間陪他的阿嬤，大概只有在不上通告的時候，才能回家陪阿嬤吃晚餐。尤其是他的眼睛重見光明後，電視臺綜藝及談話節目邀約不斷，話題總圍繞著接受眼角膜移植前後的生活差異。他的新專輯：謝謝你的眼睛，正是為我捐給他眼角膜這件事所寫的歌。

第一次覺得我是真英雄，而且為他感到十分光榮。我也發現他非常孝順，懂得感恩。

他告訴阿嬤，等新專輯宣傳期過後要帶阿嬤出國玩，要到阿嬤嚮往已久的日本。可是，阿嬤因為他父母死於空難的緣故，一直不敢搭飛機，經過好長一段時間的安撫與鼓勵，終於，阿嬤答應了。

未成名以前，為了省錢，他總是一個人拄著拐杖搭公車或捷運上通告，好幾次，因為看不見，差點出車禍。現在，他看得見一切，在歌壇上也小有名氣，上通告都有助理兼司機開車，他心裡想著：再過幾年，存夠錢，要買一間透天的樓房送給阿嬤，然後，結婚生子，給阿嬤早日當曾祖母。

很開心，看到王大衛透過我的眼睛看見美麗的世界，完成他站上小巨蛋舞臺的夢想。我相信更重要的是他可以帶著阿嬤到處玩，不需要再讓阿嬤擔心他行動不便的問題，也不需要擔心阿嬤死後，沒有人可以照顧他的困境。

我相信王大衛絕對是一個孝順的孫子，可以奉養他的阿嬤直到年老，也相信以他對音樂的執著與努力，必定繼續在歌壇上大放光彩，有朝一日，也可以像五月天一樣舉辦世界巡迴演唱會。

謝秉璿

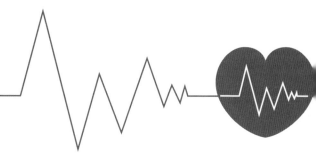

好胰婆

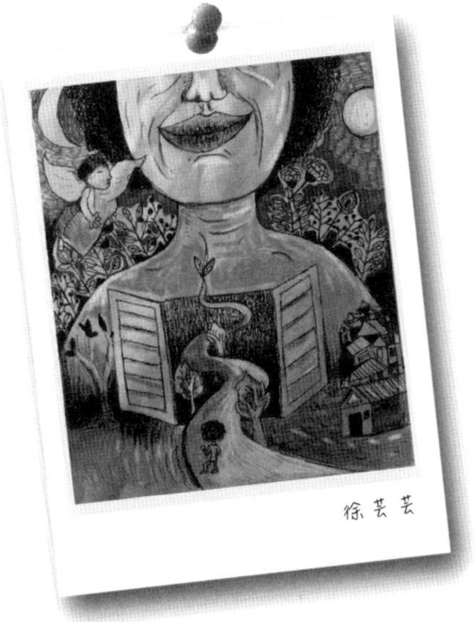

看到王大衛的眼睛恢復正常，真的替他開心。我得離開，探望移植我胰臟的老婆婆葉罔市復原的情形。

幾年前某天，老婆婆準備收攤時，突然感到劇烈的腹痛，痛得蹲在攤位旁，幸好，隔壁水果攤老闆打 119 叫救護車，送到鄰近市場的醫院。經過診斷後，老婆婆是因為急性胰臟炎並檢查出胰臟腫瘤，還好是良性的，但必須切除胰臟，以免日後腫瘤病變成胰臟癌。切除胰臟的後遺症是無法分泌胰島酵素分解小腸中的脂肪和醣，不能和健康的人一樣正常的飲食；也無法分泌胰島素，導致日後罹患糖尿病。若少了胰臟，將嚴重影響老婆婆的日常生活，威脅她的生計。

現在，老婆婆已經回到菜市場賣菜了，中氣十足的叫賣聲，吸引滿滿的人潮圍觀，也讓攤位周邊顯得更熱鬧。

從清晨開始，我便跟在老婆婆身後。

老婆婆總會拉著手推車到果菜批發市場，仔細挑選當天要賣的蔬菜；微駝的身軀，臉上阡陌交錯的皺紋，我恨不得自己可以幫他拉一把推車。走在小鎮的柏油路上，還捨不得休息的月亮隱約可見，陽光總要奮力穿透雲層才能取代薄弱的月光。日復一日，年復一年，這條柏油路，小心收藏老婆婆千萬步足跡。我跟在老婆婆後面，她蹣跚的腳步，每踏出一步都覺得吃力，我總有走不到終點的感覺。等走到果菜市場，批發好要賣的蔬菜，回到攤位擺放整齊，已近上午八點。還好，大部分到傳統市場買菜的人不必趕上班，否則，生意應該會差很多。

我也很好奇，老婆婆一大把年紀，為何不在家享清福呢？我每天坐在她的攤位旁，聽過往的客人與她聊起家居生活；現在和她年近四十歲的兒子住在村莊的角落，低矮的平房有些破舊，母子倆倒也知足。兒子白天到工地打零工，賺取微薄的工資。老婆婆一直期待，改建低矮的平房，讓兒子安心的娶妻生子。她要努力賺錢，幫助她的兒子成家立業。

這次開刀住院，休息三個月，老婆婆的積蓄又花掉不少錢，她為兒子準備的成家立業基金又短缺一大部份，她得更努力賺錢，要把三個月來少賺的錢加倍賺回來才行。因此，她想了一個方法；延長營業時間。以前賣到中午，現在要賣到黃昏，希望可以多賺點錢。

收攤後，老婆婆得趕著回家煮晚餐，在兒子從工地回家前煮好，深怕兒子餓著了。她一直對兒子感到愧疚；兒子國中畢業後，考上縣內的公立高中，當時，她的先生一場重病，急需用錢，便犧牲兒子的升學路。她常常想，如果當時有錢可以供兒子讀高中、讀大學，現在也不必到工地打零工，更不會孤家寡人。而且，住院休息三個月，拖累她兒子無法到工地打零工賺錢。這段期間，家裡的存款只出不進，少了兩份收入，讓這個家的經濟更拮据了。她必須加倍努力，加倍賺回花掉的存款。

看著老婆婆一大早就開始擺攤，一直到天黑才能回家，我也很擔心她剛開過刀，身體的負荷過重，又再度生病，那可就破壞了她追求的目標！我一點兒忙都幫不上，只能默默關心，誠心的祝福。傳統市場充滿人情味，老婆婆的攤位，總會聚集許多顧客，一方面關心她的身體健康；一方面挑選要買的蔬菜。

有一天，我發現老婆婆的攤位終於擺上我愛吃的芋頭了。果然，芋頭成為老婆婆攤位上的熱賣商品，只要一上架，馬上就被買光。不過，我發現攤位上芋頭的售價比產地貴出三倍多，農夫辛苦的血汗，大部分被中間商剝削光，扣掉肥料、農藥、雇工等所需要的錢，只能賺點自己的工錢。農夫真的是弱勢族群，辛苦一整年，只能圖個溫飽，相信所有的農夫，不管種什麼農產品，早已習慣被中間商剝削掉大部分的利潤。如果，農會可以成功經營或開闢產銷一條線，必定能提升農民的收入。我捨不得忍受烈日寒風在田裡工作的農夫們，付出和所得根本不成正比。長年下來，年輕人願意從事農業的意願必然低落，在農村，普遍都是老農苦撐農業生產。若干年後，農田肯定休耕荒廢，臺灣人恐產生缺糧危機！到時候，恐怕就必須仰賴國外進口農產品，綿長的碳足跡又會造成環保和食安問題。

我和老婆婆一樣，每天一早搭公車上班，晚上下班，偶爾加班，為了多賺一些錢，讓我的家庭更幸福美滿。

陪伴老婆婆一段時間，看到她一如開刀前的健康，雖然年紀大，膝關節早已開始退化，但總還能走路，生活可以自理。但她並不孤單，至少還有目標可以追尋，至少還有兒子陪她。我不能再陪老婆婆了，必須啟程繼續探望下一個接受我器官移植的陌生人。

徐芸芸

九天仙女

告別賣菜的老婆婆葉罔市後，接著探望某遊樂園塵暴事件，遭受三度灼傷的折磨後，接受我皮膚移植的年輕女孩。

想起我高中一年級的時候，到夜市吃晚餐，走在麵攤前的水溝蓋，突然間，水溝蓋竟然塌陷。我一腳踩空，順手想扶住麵攤老闆正在煮開水的鍋子，說時遲那時快，整鍋開水沿著我的臀部淋下。我到醫院去，整個臀部冒出大小不一的水泡，也治療了一陣子，才能安穩的坐在椅子上。

年輕女孩名叫林茵茵，就讀某國立大學三年級，塵暴前，同學給她一個美麗的封號：九天仙女。飄逸的秀髮，鵝蛋臉，九頭身，聲音又甜美，還是系學會會長，從小到大，一直都是學校的風雲人物。她的爸爸是上市公司董事長，媽媽是銀行經理，有一個哥哥正在美國攻讀博士，家境相當優渥，可說是典型的人生勝利組。

塵暴當天，她和其他學校系學會會長到遊樂園玩，本來是開心的行程，卻嚴重變調。那一天，是她有生以來最大的挫敗。從小，她就是品學兼優的好學生，不管是班長或小老師，或是模範生，她全都當過，用「天之嬌女」來形容她，一點兒也不為過。

救護車送她進醫院後，立刻進手術室，經過緊急清創，在加護病房住了一些時日。壞死的皮膚面積超過自體皮膚可以移植的範圍，因此，我可以用的皮膚就全移植給她了。我們年紀有一段差距；我是中年男人，她是年輕的小女生，不知道將來會不會嫌棄我的皮膚太黑、太粗糙。尤其是在臉部的皮膚，我很擔心會和她以前吹彈可破的皮膚差別很大，如果讓她變醜，就真的會感到遺憾萬分了。

茵茵住院半年後，返家休養，同時辦理休學。她的媽媽也請家庭照顧假一年，可以照顧她的生活起居，陪她持續到醫院復健。我到她家那一天，發現她家竟然找不到一面鏡子，原來是她媽媽害怕茵茵看到自己現在的樣子，會更傷心沮喪。茵茵一方面承受復健的痛苦；一方面要勉強接受面貌改變的煎熬，有幾度說出要「自殺」的話。因此，平日除了復健外，每星期還得看精神科醫生，甚至要倚靠安眠藥才能入睡。醫院和家裡成為茵茵主要的生活圈，她幾乎把自己關在家裡，彷彿一隻等待死亡的囚鳥。

看見林茵茵關在自己的象牙塔裡，想起我小學階段也有一段時間跟她一樣封閉，實在覺得難過萬分。

孤單沮喪的生活，整整過了將近一年，直到她媽媽邀請陽光基金會的志工到家裡來，同樣是有灼傷或燒燙傷經驗的志工，經過無數次為茵茵個別諮商及輔導，也帶領她參加基金會的公益活動，才慢慢讓她暫時走出陰影。

媽媽把家裡浴室的鏡子裝回去了，茵茵終於有勇氣可以照鏡子，看著鏡中的自己，真的是變醜了啊！人家是醜小鴨變天鵝；她是天鵝變醜小鴨。她在塵暴事件中被火紋身，醫院治療的過程相當漫長，耽誤她大學學程。塵暴隔年，她鼓起勇氣復學，重新讀大三，要努力完成學業，跟她的哥哥一樣出國深造。

我記得復學當天，我跟在茵茵和她媽媽後面，看著她們到各處室繳交資料和蓋章，茵茵習慣性戴著口罩，這是她唯一和受傷前不一樣的地方。各處室的老師也知道她被火紋身，特別對茵茵熱情的招呼，溫馨的問候，也讓她卸下心防，我有偷瞄到她藏在口罩裡的嘴角上揚一下下。我黝黑粗糙的皮膚，在她的臉龐隱約可見，不過，醫生說會越來越漂亮的。只是，她自信的笑容還沒恢復！

其實，我最擔心的是我的皮膚，配不上她天生麗質的容貌。

茵茵復學後，我陪她上學一個月，看得出她身心都進步了；自己步行到捷運站、搭捷運、轉公車，漫步在綠意盎然的校園。一切似乎回到她的美好年代；她的同學成為學長、學姐。她一直在乎自己的外表，因而失去往日的自信與笑容，要重新營造她的人際關係，有一點點困難。還好，同學們都同情她的遭遇，也願意敞開心胸接納。其實，她不說自己曾被灼傷過的事情，外人不仔細看，是看不太出來的。

有一天放學後，黃昏的森林公園，好多狗在草地上嬉戲奔跑，綠色的草地，五顏六色的狗，遠觀的人們，就像一部精彩的動畫。我和茵茵靜靜的坐在草地上，一群狗往我們的方向跑來，並立刻繞道繼續在草地上奔跑，遠遠的，一隻拖著兩個輪子的臘腸狗，慢慢的跟在狗群後面，就算跑最後一名，也不退縮。臘腸狗吃力的跑著跑著，跑到茵茵跟前，奮力搖著尾巴……氣喘吁吁的吐出舌頭。茵茵褪下口罩，伸手撫摸臘腸狗，輕撫結實的頭部，柔軟的雙耳，順著往頸部下緣，便摸到架在背部的皮帶扣環，再順著摸，摸到微微凹陷的脊椎骨。當手指滑落到腹部接近後腿的位置時，摸到兩枝鐵做的橫桿，橫桿下方組裝兩個輪子，輪子內側，早已萎縮的一對後腳緊貼著地面。

茵茵放聲大哭，臘腸狗被嚇得往其他同伴處狂奔，兩隻前腳用力向前蹬，後面雙輪緩緩滾動，兩隻後腳在地上拖行。我看著茵茵：豆大的淚珠，不斷的滾落在她的牛仔褲上，膝蓋附近的褲子全濕了。她哭了好久，時而放聲大哭；時而嗚咽不已，在座位旁留下一堆擦過眼淚和擤過鼻涕的面紙。

我記得曾經像她一樣放聲大哭的時候，應該是阿嬤過世的時候。後來，經歷挫敗時，只是黯然落淚，不再激動大哭。因為，我要努力讓自己堅強的活下去。

她突然站起來，大聲吶喊：林茵茵！林茵茵！你要勇敢的活著，你要勇敢的走出陰影，你要開心、要快樂、要為自己好好的活下去。

我被她突來的舉動嚇了一跳，緊貼著她身後，深怕她衝動，做出傷害自己的舉動。不過，我是多慮了，她優雅的收拾那一堆面紙，丟進草地邊的垃圾桶。然後，快步離開草地，偶爾會回頭再看看遠方的臘腸狗。

我聽到她心裡和自己對話的聲音：殘廢的臘腸狗都能這麼勇敢的活下去，而且自由自在的奔跑，開開心心的和同伴玩耍，早就忘記自己的斷腳，同伴也當牠是一隻正常的狗。她終於悟出一個道理：只有自己認為自己不正常，別人才會當你不正常；只有自己認為自己殘障，別人才會當你殘障。我不可以再自怨自艾了，我有疼愛我的父母，我有一個優秀的哥哥，還有無數的好朋友，他們都希望我好好的活著，我又怎麼能夠不開心呢？

從此以後，茵茵除了容貌的改變外，又恢復到從前的「天之嬌女」，也影響周遭的人，變得跟她一樣樂觀進取。我深深覺得她像九天仙女般的美麗，不僅外表而已，還有堅強的心。看到她走出塵暴的陰影，我心中的大石頭終於落下，也該是離開她的時候了。

祝福你！九天仙女。準備出發，繼續探望下一個接受我肝臟移植的陌生人。

57 九天仙女

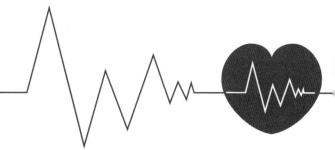

換肝的高中女生

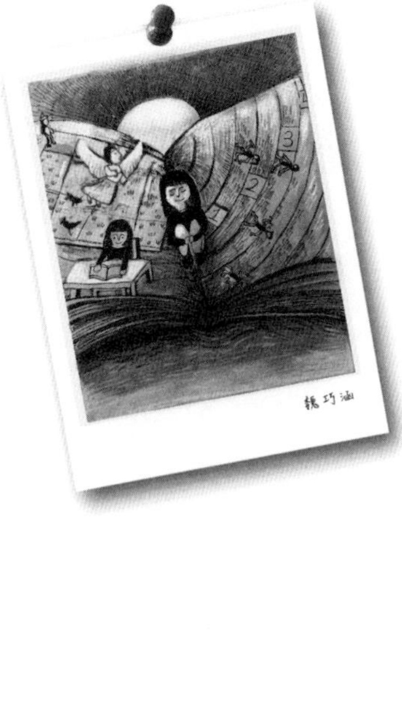

離開九天仙女後，接著探望換肝的高中女生張曉華，這個小女生已經高三，準備升大學。她跟林茵茵一樣，也是為養病而休學，否則現在已經是大一了。

高三上學期期中考前，曉華因相當嚴重的猛爆性肝炎住院，經過各種治療方式，依舊無法恢復肝功能，必須換一顆健康的肝臟才得以延續生命。我的肝就是移植給她，讓她活下來，準備考取心目中理想的大學科系。

曉華的爸爸是農夫，媽媽是家庭主婦，她還有一個雙胞胎妹妹曉惠。她出身小康家庭，從小到大，沒有太豐裕的物質享受，卻擁有平凡家庭中不平凡的幸福。不過，曉華喜歡讀書，學業成績表現一直都名列前茅，國中畢業本來有機會就讀第一志願的高中，為了減輕父母的經濟負擔，選擇留在故鄉。她就是這樣貼心懂事的孩子，不管在家裡或學校，都是父母或師長的乖孩子。

曉華平凡的家庭背景跟我相當類似，唯一不同的是，我離開家鄉，到陌生的城市讀高中、讀大學、成家立業。

換過我的肝後，在她們家人相聚時的聊天內容中得知她利用暑假休養；所有的食物來源都是爸爸親手種的有機農產品，媽媽也特地養雞，每天可以吃新鮮的雞蛋和雞肉，偶爾，媽媽也會燉新鮮的蜆湯給她喝。每天清晨，她會陪爸爸到田裡，爸爸工作，她在田埂散步。走在交錯的田埂，如同棋盤上畫歪的格線般，偶而還可以看見青蛙從腳邊跳進田裡，農村的空氣真是新鮮，每吸一口氣，就會覺得通體舒暢。等太陽升起，父女倆才一起回家吃早餐。黃昏，換成媽媽和她到鄰近的小學健走，總要走上萬步，汗流浹背後，才追著升起的月亮回家。

農村的景象，是我兒時的記憶。我總是喜歡走在田埂上，欣賞滿園翠綠。農忙時，必須分擔父母親的農事工作，務農確實辛苦，父母親不希望我和他們一樣，栽培我一路升學，我才能脱離依靠農業維生的命運。

經過暑假的休養，曉華已痊癒，而且辦理復學。

期中考前，她還是盡全力準備，有時太晚睡，隔天便會覺得很累。沒有換肝以前，就算熬夜讀書，隔天一早，吞一顆維他命B群藥丸，立刻又生龍活虎了。現在，體力不如從前，而且，父母親不斷提醒：要注意自己的身體，才換肝不久，好不容易痊癒，不要太大意，又生病了。

其實，她一直記得父母的叮嚀啊，只是偶爾會忘記；希望可以看到考卷上的分數高一些，不想因為自己生病而跟不上同學。果然，考試成績出爐，不如換肝前名列前茅的佳績，只勉強維持在前十名左右。為了期中考失利，她傷心好幾天，心想著即將到來的學測，要努力考好些，不然就要等七月的指考再拚一次。

看曉華這麼拼命讀書，我想起大學聯考前夕，常常熬夜讀書，臉上冒出的青春痘，永遠不會消褪。偶爾，也會在課堂上打瞌睡，總覺得睡眠不充足，每天都很想睡覺。

期中考完，學校要辦班際大隊接力；換肝前，她原本也是跑步高手，這個要歸功於家裡種田，從小，習慣在田間奔跑，也間接訓練出跑步的實力。導師堅持不讓她參加，擔心她因為激烈的跑步競賽，壓力過大且需利用瞬間爆發力，再度導致猛爆性肝炎。可是，她卻不服輸，內心渴望在跑道上與同學一較高下。

有一天午休，她到辦公室找導師，說明自己身體已恢復健康，有把握參加大隊接力，而且會全力以赴為班上爭取最好的成績。

「老師，我想參加大隊接力比賽。」她開門見山的說。

導師放下筆，看著她說：「孩子，我擔心你的身體承受不住！是不是這一次先休息，下學期如果還有機會，再讓你下場？」

師生倆靜默一會兒。

「老師，拜託！我真的可以，我想要證明我的病好了，可以自由自在的奔跑。希望老師給我機會，而且爸爸和媽媽也支持我的決定，拜託老師成全！」她不死心的說。

導師低頭不語，幾滴水珠落在作業本上，趕忙拿出面紙擦拭作業本，順便擦去眼角的淚。哽咽著說：「唉！我真的很擔心你的身體，你有大好的前途，還有愛你的家人和同學，不要因為大隊接力比賽，再度讓你肝炎發作。」

茵茵的導師說的這些話，讓我想起以前的導師也對我說過類似的話。不知道她的導師最後決定是什麼？我倒是很好奇。

曉華站得直挺挺，低下頭來拭淚。辦公室的空氣霎時凝結，師生倆誰也不願意先開口說話？就這樣僵住了，我急得如熱鍋上的螞蟻，我是站在曉華這一邊的，期望導師可以同意。

「嗚……老師，我想參加，我真的想……」曉華終於憋不住了，掩臉哭泣。

我知道她不是為了不能參加大隊接力比賽而哭泣。她哭的是：半年多來，在家養病的委屈，成績不再名列前茅的遺憾，還有到現在，所有人還是「誤會」她是病人，無法跟正常人一樣做正常人可以做的事；爸爸不讓她去田裡幫忙農事，媽媽不讓她洗碗，不准她太晚睡，妹妹不再跟她同床睡覺，怕作息不同而影響她的睡眠，委屈的睡在儲藏室裡。

導師見她如此激動，請她坐下來。牽著她的手說：「孩子，我知道你的心事，但是我有責任保護你，因為我愛你。看你如此堅持！我更不忍心。嗯……好吧！我答應你，但是你也要答應我，不能因為大隊接力比賽，讓自己的壓力過大，最重要的是不能受傷，好嗎？」

曉華開心的從椅子上跳起來，抱著老師痛哭。

雖然我跑得不快，但至少參加過大隊接力。在傳接棒瞬間，真的是非常緊張，萬一不小心掉棒，就會害得全班落後甚至墊底。在我全力衝刺時，可以再次聽到同學們大叫：「英雄英雄我愛你」，在場的觀眾，同時為我拍手叫好，感到非常驕傲與光榮。

大隊接力比賽當天早上，曉華開心的到學校，也和班上同學到操場熱身，她記得老師的叮嚀：不能受傷。

當司儀廣播三年級大隊接力選手開始檢錄，接著，裁判老師要求單數和偶數棒次到指定位置。各班第一棒也站上起跑點，當槍聲一響，為大隊接力揭開序幕。曉華排在第五棒，接到棒時，她們班暫時位居第四名，她全力衝刺，傳給第六棒後，還差一點跌坐在跑道上。此時，她漲紅著臉，心跳加速，更是氣喘如牛的站在跑道邊，遠遠看著隊友向前衝刺。

導師很緊張，快步的衝進操場看看她。還好沒事，最後，索性留在場內看比賽。

曉華跑得真快，一點兒都不輸我。還是因為她的身上有我這個猛男的「肝」，才會跑這麼快的。

看著她們班一棒接一棒，在各班選手休息區為自己班上的每一棒吶喊，司儀也帶著場邊的同學一起加油。一開始，各班互有領先，從第十一棒後，她們班就維持在第三、第四名之間。場邊尖叫聲迴盪在操場上，炙熱的太陽更熱情了。代表領先群第一名的最後一棒槍響後，她們班最後一棒是田徑隊的風速女王，只見她接棒剎那，大約只距離第三名的選手十公尺。我們扯破喉嚨又叫又跳，一瞬間，風速女王遠遠拋開第三名選手，直到終點。我們班的選手高興得跳了起來，彼此擊掌擁抱，慶祝達成第三名的目標。

大隊接力結束後，她們和導師回到班級休息區，大家七嘴八舌的討論比賽過程，老師和每一個同學笑開懷，沉浸在達成目標的歡樂氣氛中。

伴著夕陽，我跟在曉華後面，望著她輕快的腳步，感受她愉悅的心情。曉華順利完成大隊接力比賽，也向所有人證明她是健康的孩子，現在是，以後也是，她要好好活著，為自己的理想奮鬥。

看到曉華恢復健康，我也很欣慰，也看到我的肝很健康的活著，而且幫助曉華完成大隊接力比賽，接下來也要幫她完成人生的理想。我也該離開了，繼續往下一站前進。

1
2
3
魏巧涵

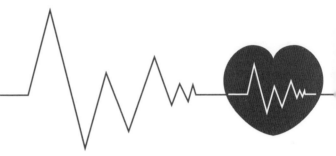

洗腎男童

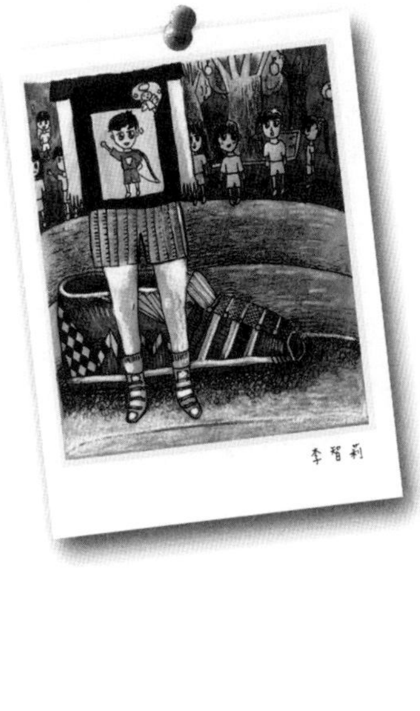

我有聽過洗腎，卻從不知道真的有人無法小便，周遭的朋友，從沒有人是這樣的症狀。

離開張曉華後，我來到一個靠山邊的小城，探望接受我腎臟移植的小學五年級男生，他叫黃志豪，黝黑的皮膚，深邃的眼眸，結實的肌肉，看起來就像是一個傑出的運動員。

志豪洗腎的原因是重感冒，誤聽村人偏方，喝了不知名的草藥導致腎衰竭。從此，必須依賴洗腎維持生命。

志豪的爸爸在山上種水果，媽媽在公所當工友，有一個讀國中八年級的姐姐，還有年邁的阿公和阿嬤。一家六口，主要靠著媽媽穩定但微薄的收入，爸爸種水果，有時候可以賣得好價錢，有時候收成前遇到颱風，就只能慘賠了。

志豪接受我的腎臟移植，剛開始有些排斥現象，還好後來一切順利。現在，他又再度回到田徑場，練習熱愛的短跑競賽。田徑隊教練也是他的導師，每天清晨及放學後練短跑，放學後留在教室寫功課，導師可以指導他不懂的地方，因此，不管是熱愛的短跑或是學校的功課，志豪都可以同時兼顧。

我小學的時候，沒有機會參加田徑隊。記得參加過躲避球隊，曾經到校外比賽，不過，很快就被淘汰了。

志豪的目標是拿下全縣國小五年級田徑對抗賽一百公尺短跑冠軍，參加全國賽，與其他縣市的短跑好手較量一番。他的導師兼教練，年輕的時候是短跑國手，曾經代表國家參加亞洲盃田徑賽勇奪亞軍。導師也鼓勵志豪，練短跑當作興趣和專長，但不能當做謀生的工具。導師跟他說：以前國家保障田徑國手，只要在國際賽奪牌，就可以擁有擔任體育老師的機會，現在，這樣的機會越來越少，甚至快消失了。因此，一定要多讀點書，或者學一技之長，可以養活自己，為社會做一點貢獻。

志豪的爸爸為了他腎臟移植，向農會貸款，付清醫院的醫療費。原本計畫在暑假收成番石榴後，賣個好價錢，就可以還清農會的貸款。全家人盼望著這一天到來，可以減輕支付本金和利息的負擔。不然，只靠志豪媽媽微薄的薪水，全家的生活過得有些困窘。

今年的梅雨季提早來，雨勢忽大忽小，這個期間正好是番石榴開花授粉期，志豪的爸爸相當擔心，梅雨會影響番石榴授粉的成功機率，也會影響暑假期間的收成。也只能祈禱老天爺，梅雨季不要下太多的雨，讓水庫注滿水就好了，讓人們夠用就好。

志豪當然也知道爸爸和媽媽的經濟負擔相當重，他一直想買一雙練習用的慢跑鞋，卻不敢向爸爸開口，深怕爸爸為難，他知道：只要開口，爸爸一定會同意的。但想起農會的貸款，好幾次快到嘴邊的話，又被他吞了下去。

梅雨季後，番石榴開始結果，果然，和志豪的爸爸所擔心的一樣；番石榴授粉率降低，跟去年比起來，每一株番石榴樹少掉近百分之二十的結果率。也就是說，今年收成應該比去年少，再經過暑假期間的颱風肆虐，恐怕更是雪上加霜。不過，志豪的爸爸倒是看得很開，從事農業生產，本來就是看天吃飯，老天爺若願意多賞幾口飯吃，就會風調雨順。老天爺若只願意賞一口飯吃，那就會多一些颱風來叨擾。

萬一，暑假期間番石榴收成的錢，無法償還農會貸款，就只能盼望寒假的橘子和水梨收成了。也就是說，志豪家還得繼續省吃儉用一個學期，購買慢跑鞋的想法得暫時取消。

最近，志豪苦練短跑，預計迎接下個月全縣國小五年級田徑對抗賽一百公尺短跑競賽，他的教練兼導師觀察到他的鞋頭破了個洞。有一天放學後，導師問他：「志豪，鞋子壞了，可以請爸爸或媽媽買一雙新的慢跑鞋嗎？」

只見志豪「喔」一聲後，埋首寫功課，不敢抬頭，更不敢正眼看導師。

隔天清晨，導師又見志豪穿著破鞋來練跑，隨口又問：「爸爸沒空帶你去買嗎？」

「嗯……沒空，對……。」志豪支支吾吾，不知道要不要跟導師說實情。

我以前參加合唱團，比賽前，老師說要買新皮鞋，我也和志豪一樣，不好意思向父母親開口，怕造成父母親的負擔。

接著田徑隊練習，導師也暫時忘記這件事。

下午放學後，田徑隊在操場集合，導師兼教練說要模擬田徑對抗賽，要他們當成是比賽，盡全力衝刺！看看自己最快的速度是多少？可以和去年的成績做比較評估，大概可以得到第幾名？

首先，模擬一百公尺競賽，志豪和另一位隊友鴻文站在起跑點，鴻文到現在還沒跑贏過他，平常練習時，他大概會領先鴻文將近五步，雖然很接近，但沒輸過。導師站在起跑點旁的草地上，當發令槍「砰」一響，他率先衝出去，瞬間跌倒，橫趴在跑道上，還差點兒絆倒鴻文，還好鴻文跳過他橫趴著的身體，鴻文也趕緊停下來，回過頭攙扶他。導師也衝過來，急著問他：「有沒有受傷？有沒有受傷？」他咬牙忍痛猛搖頭，導師扶著他，一跛一跛的走回教室。

我在跑道邊，也看得心驚膽跳的……真怕志豪的腳骨折！

志豪趕忙脫掉「開口笑」的球鞋，暫時打赤腳，膝蓋和小腿的地方有些破皮，導師拿礦泉水清洗他的傷口後，在傷口處塗一些碘酒，再貼上透氣膠帶。他把清洗傷口後剩餘的礦泉水，一口氣喝光。還好只有擦傷，不然，就無法參加田徑對抗賽了。

導師問他：「是鞋子的關係嗎？」

他點點頭，不敢多說什麼！

導師接著又說：「等一下，我帶你去鎮上買一雙慢跑鞋。」

他的頭低得不能再低了。哭著說：「老師，可是我沒有錢可以還你……要等我爸爸的番石榴收成，還清農會貸款後，看看有沒有多餘的錢？才能還你。」

導師摸摸他的頭說：「傻孩子，別哭了，留點體力寫功課，我不要你還我錢。以前，我的導師也是這樣對我，我也沒有還他錢。我對你這樣，只是在報答老師栽培我的恩情而已，你不要想太多，以後，等你長大，有能力幫助別人的時候，也希望你盡力幫助別人。」

記得合唱團老師也是買新皮鞋送給我，原來，志豪和我都遇到好老師。

志豪點頭如搗蒜，急著擦眼淚和擤鼻涕。

往後的訓練，志豪穿上新的慢跑鞋，速度更快了，也許真的有機會奪冠，代表全縣參加全國賽。

可惜，我該離開了。看志豪恢復健康，勇敢追求自己的目標，我也為他感到欣慰，我必須往下一站，探望下一個接受我心臟移植的國三男生。志豪比賽當天，如果我有空，我一定會到比賽現場為他加油打氣！

李智莉

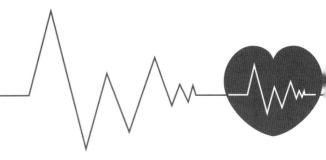

求好心

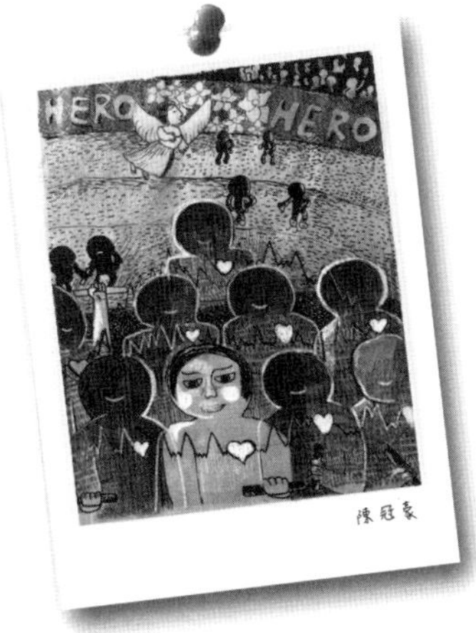

告別接受我腎臟移植的志豪後，接著，探望接受我心臟移植的國中九年級男生林建銘。他出生後不久，就被診斷出先天性心臟病，醫生評估他活不過十二歲，但他努力的活過十二歲，而且求生意志堅強，超乎同年齡的小孩。

建銘是試管嬰兒，他的父母好不容易才擁有這個寶貝兒子，也是獨生子，當診斷出先天性心臟病時，他的父母根本不願意接受這樣的事實。建銘的祖父母過世後，留下些房地產，他的父母幸運的可以得到祖先庇蔭，不需要為大筆的醫療費傷腦筋。

從小，他看過無數的醫生，走遍全臺灣大小醫院，得到的答案都是必須要換一顆好心臟，才能徹底根治。排隊等待心臟移植的日子相當漫長，從小，只要建銘感冒，或是遇到季節轉換，一不小心就得住院治療。從小學到現在，請病假成為常態，有時請假待在家裡，有時請假住院。學校老師也早已習慣，必須多花心力關注他，特別是補救教學和生活照顧；深怕他跟不上同學學習進度，深怕他適應不了學校團體生活。

不僅是醫療診治過程，他的父母也常常求神拜佛，祈求老天爺保佑他身體健康。這顆好心臟，他等了將近十四年。我很榮幸，可以幫助建銘恢復健康，讓他成為一般健康的孩子。可以好好求學，好好運動，將來好好談一場戀愛，結婚生子，充滿無限可能的人生旅途。

我對自己的心臟有信心，想起我年輕的時候，在籃球場馳騁的英姿；搶籃板，進攻或防守，切入或中距離甚至三分球，我都可以大殺四方，雖然有點喘，但一下子就恢復體力了。不知道建銘現在可不可以和我一樣，除了追求學業成績更進步外，也能在球場上自由自在的打籃球。

建銘從來不知道跑步的滋味，更別說打籃球、躲避球、桌球等激烈的運動，他的父母只准許他散步，而且要在有人的地方，怕的是臨時因心臟負荷不了時，有人可以救命。換過我健康的心臟後，建銘也試著快走，然後慢跑，距離慢慢拉長，相信有一天，他要跑完學校一圈操場。如果可以，他要代表班上參加學校運動會大隊接力，那是他國小到現在的夢想。

在建銘康復回校上課第一天，班上同學早就進行一個「好心」計畫，全班同學包括導師和體育老師都保密，不讓建銘知道這件事。早在建銘進開刀房前，全班就開會討論，希望在他康復後，讓他參加國中階段運動會最後一次的大隊接力比賽。只是建銘一直被蒙在鼓裡，並不知道這個「好心」計畫。

直到那一天的體育課，熱身操後，全班集合。體育老師說要測試運動會代表班上參加大隊接力的選手。建銘聽到這事，相當期待自己可以被選上，卻又因康復不久，恐怕跑不贏同學，無法進入男生前十名，更別說想要參加大隊接力了。班上有十六個男生，分成四組採計時賽，要挑出跑最快的前十名。不過，建銘感到奇怪，他那一組另三個同學都是田徑隊的選手，怎麼跑得贏啊？誰知道一起跑，他竟然跑第一名直到終點，他也很納悶？根本不相信自己跑這麼快。測試完成後，體育老師宣布他在大隊接力名單內，同組其他三個田徑隊選手也在名單內。他越想越不對，但是不敢在現場問體育老師，一方面達成自己的心願；一方面懷疑自己是否真的跑那麼快？

放學後，建銘鼓起勇氣到導師辦公室，導師面帶微笑恭喜他進入大隊接力名單。可是建銘一點也不開心，好多疑問從心底浮現，不知道要先問導師哪一個？

終於，他鼓起勇氣問：「老師，我覺得體育老師安排我跟三個田徑隊選手同一組測試，有點奇怪？最奇怪的是我竟然跑贏他們？」

「啊！真的嗎？你什麼時候變得這麼會跑？我也感到很驚訝！可是，事實上，你就是跑贏他們了啊！要相信自己，你已經是健康的人了，要對自己有信心，努力練習，和自己比賽就好，不需要有壓力。」導師安撫他，在比賽前，導師、體育老師和全班同學要保守這一個不能說的秘密。

「可是……」他還是不相信這件事。

之後的體育課，他被安排在最後一棒，他又覺得更奇怪了？以前最後一棒不是都安排班上跑最快的同學嗎？怎麼會是他？而且，練習大隊接力時，以前都會找其他班級友誼賽，怎麼今年都是自己班上練？無數的問號浮上心底，問導師或者問同學，大家都告訴他：不要胡思亂想，盡力跑就好，跟自己比賽就好。他深深覺得班上對大隊接力比賽的氣氛和前二年不太一樣，好像大家都不願意和別班友誼賽，不知道是為什麼？他一頭霧水也摸不著頭緒，只好跟著班上選手安靜的練習。

其實，我也知道這個不能說的秘密，我卻無法向建銘說明全班同學的用心良苦。為了慶祝他重生；為了完成他的夢想，全班不在乎大隊接力成績，甚至第六名都沒有關係；全九年級也只有六個班而已。全班已經讓大隊接力比賽，成為不僅是輸贏的競賽，而是同學間無盡的愛。

運動會當天，太陽在天空微笑，建銘抱著期待又興奮的心情，他的父母也坐在家長席，希望可以看到他大隊接力的模樣。操場上滿坑滿谷的人潮，熱鬧非凡。從表演活動、個人競賽到趣味競賽，相當順利的完成。壓軸的競賽便是大隊接力，從七年級開始，接著八年級，等九年級比賽結束，接著就是運動會閉幕。

當九年級大隊接力第一棒站上起跑點，槍一響，傳給第二棒，各班各棒次爭著搶跑道，並且全力衝刺，建銘班上始終維持在第四、第五名之間。加油吶喊聲不絕於耳，加上節奏明快的音樂聲，感受熱血沸騰的青春。

當跑第一名的最後一棒衝出去後，同時「砰」的一聲槍響，代表第一名的最後一棒已出發。建銘待在接力區等接棒，槍響後一會兒，建明第四個接到棒，全力向前衝刺，如同在體育課練習的過程一樣，向前衝，不回頭。從接力區跑到彎道時，建銘被其他兩個班追過了，後頭也沒有人，他心急：真的第六名，最後一名。因為他，讓班上淪為最後一名。想著想著，眼淚跟著腳步的節奏，飛濺在跑道上。不過，休息區的同學仍然吶喊：建銘，加油！建銘，加油……

跑了好長一段時間，鮮紅色的終點線在他眼前，上面寫著：狂賀建銘重獲新生！紅底白字，更顯得耀眼，一字一字都烙印在他的心坎裡。他衝過終點線，仰天長歎，潸然淚下。全班同學也圍過來，不斷的鼓掌，掌聲揉合著哭聲、笑聲。

全班同學圍成一圈歡呼：「英雄英雄，偶像偶像，英雄英雄我愛你。」

當我聽到歡呼聲時，也覺得他們在為我喝采，又讓我想起「英雄」的真實性。

伴著歡呼聲，司儀老師廣播請全校同學和在場的來賓、家長給建銘熱烈的掌聲鼓勵，校長引導著他的父母，慢慢的走向終點，走進他們班上的圓圈裡。導師推著蛋糕跟在校長後面走進來，這時候，全班同學哽咽著唱生日快樂歌，祝福建銘重生！司儀老師也廣播請在場的人一起說：建銘，生日快樂！

祝福建銘重生，祝福他的未來一切美好！接下來，我要去探望一個曾經在ＴＢＬ場上綻放光芒的球員，他接受我的骨骼移植，期盼他重新回到ＴＢＬ場上。

HERO
HERO
陳冠豪

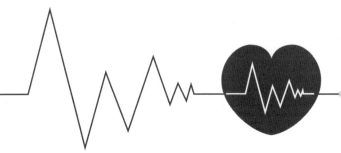

有骨氣的籃球員

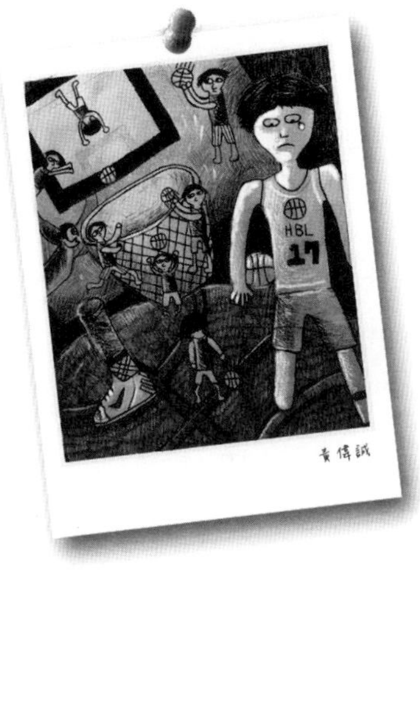

一路上，我滿腦子依舊是全校為林建銘慶生的畫面，還有「英雄英雄我愛你」的歡呼聲。相信他移植我健康的心臟後，一定可以活得更自在。

前往探望曾經打過ＩＢＬ資格賽的高一男生洪文義，他的爸爸是國小校長，媽媽是銀行襄理，哥哥在臺北讀大學，比起其他同學算是社經背景不錯的家庭。過去，他的高中籃球隊曾經幾次打進ＩＢＬ四強，只是近幾年，全國各高中球隊競爭比以前激烈；有時，勉強擠進十六強，有時，資格賽就被淘汰了。去年，他們就擠不進十六強。

打完資格賽後，文義繼續練球，但每次練球時都會感到右大腿部分非常疼痛，用手摸骨頭附近有一個腫塊，而且越來越痛，痛得幾乎無法慢跑。父母親帶他到醫院骨科檢查，被診斷出惡性骨肉瘤，必須截肢保住生命。

雖然截肢可以保住生命，但是這樣的結果，文義根本無法接受；只剩一隻腳，要怎麼繼續打籃球？甚至覺得乾脆結束自己的生命，不要成為父母的負擔，也不想讓自己只剩一隻腳過一生。

還好，我的大腿骨移植給他，應該相當合適，因為我也算是「業餘」的籃球員，即便沒有打過 HBL 資格賽，好歹也打過班際籃球賽。

出院後，他根本忘記學走路的年紀是什麼時候了，現在，他滿十六歲，開始學走路。他學著利用助行器走路；也就是四隻腳的拐杖，把整個身體的重量壓在助行器上，左腳也必須特別撐住地面，然後，緩慢移動右腳，一左一右，一步一步慢慢移動。有時候太心急，使用力道不平均，會讓右腳更疼痛，他終於體會到「一步一腳印」的道理。

我曾經在籃球場，為了爭搶籃板而扭傷，必須拄枴杖，才能慢慢的走路。幸運的是，沒有傷到韌帶和骨頭，大約二個星期就痊癒了。

文義一開始練習走路，確實很吃力，每天在房間與客廳間往返，把沙發和樹櫃當成路上的行人和汽機車，練習閃避。漸漸的熟練後，換成單腳拐杖，把枴杖夾在右手腋下，身體重量落在拐杖上，右手也用力撐住拐杖，簡單來說就是以枴杖取代右腳的力量。文義練習走路的場地，移轉到家附近的公園，最後再移轉到學校的跑道；如同四腳拐杖轉換成單腳拐杖，最後，拋棄拐杖。現在，他重新學會走路了，可以在跑道上散步，他相信再練習走路一段時間，一定可以慢跑，恢復以前的身手。

我知道文義復健的過程相當辛苦，相信我的大腿骨應該是健康的，我們的身高也差不多，絕對可以幫助他再度追求籃球夢。

文義開過刀後，復健加休息好一陣子時間，他期待再度回球場練球。復學後，從高一讀起，他老覺得兩隻腳不一樣長，跑步的感覺更明顯，無法再像以前那樣快，那樣自在。但是他依舊跟著球隊練習，暫時無法下場比賽，因為他控球後衛的位置被取代了。

他知道IBL資格賽報名的時間在九月初，從暑假開始，雖然跟著球隊參加幾個盃賽，但從未先發控球過，只有在領先或落後很多分數或垃圾時間時，總教練才會讓他上場。為了重新站上球隊控球後衛一哥的位置，他不但勤練體能，甚至每天做重量訓練，即便右腳痠痛，也咬牙苦撐。他也想辦法提升控球技術，上網找NBA各隊控球後衛的影片來參考，每存一段影片，就會模仿練習到自己滿意為止。希望在資格賽前，調整到顛峰狀態，要讓教練團看到他的努力，擠入十二人名單，有機會再挑戰一次IBL資格賽。

八月底，總教練宣告他的 IBL 夢碎！

記得中秋連假前一天，練完球後，總教練請他到教練室聊聊。

「文義，我知道你是個優秀的球員，就算移植骨骼後，你還是很認真的練球，練體能和做重量訓練，你的努力，我們教練團都看到了。」總教練像極他父親的「校長」形象；可以嚴肅的講道理，可以同理心為對方著想，真的令人敬畏。

「總教練，我喜歡打籃球，我會努力讓自己成為好球員，一起和隊友拚進十六強。」文義斬釘截鐵的說。

總教練從抽屜拿出報名表，若有所思的看著桌墊下泛黃的報紙，那是他執教這所私立高中第一次擠進四強時，報紙以斗大的標題「南部唯一四強球隊，TBL大黑馬。」

「文義，我們的目標是一樣的，先進十六強，衝進八強，再搶四強，最終目標冠軍盃。你也知道，去年，我們失敗了。董事長很生氣，甚至說出要解散球隊的話來。接著，你去開刀，球隊少了你控球，有一段時間調整不出最佳隊型。」

文義低頭啜泣。他深深以為是自己的錯，對不起球隊，如果不是骨肉瘤，球隊應該會更強。

總教練抽出兩張面紙給他擦眼淚。接著又說：「我知道你是個懂事的孩子，對籃球很執著。但董事長要的是十六強，今年，董事長特地找來JHBL聯賽冠軍球隊兩名球員：控球及得分後衛，全公費待遇，並且答應要讓他們報名資格賽，也擔心他們被別的學校挖角。所以……唉！我也不方便再多說什麼，我想你應該懂。」

文義再度啜泣，他知道總教練的意思了，今年的資格賽參賽球員不會有他的名字。他心裡盤算著，明年呢？後年呢？他的技術能夠和另外兩個後衛爭高下嗎？就算和他們實力差不多，總教練要在十二人名單排擠出前鋒或中鋒，才可能有他的報名空間。球隊應該不需要他效力了。

不過，他還是不認輸的問總教練：「總教練，那麼，高二和高三，我是不是也沒有機會打 HBL 了？」

總教練低頭不語，兩個人靜默許久。

我在旁邊實在看得有點不捨，我的大腿骨竟然幫不上文義的忙。也許讓我再年輕二十歲，我的大腿骨應該會更強勁有力。

「文義啊！願不願意聽聽看我的建議？」總教練打破沉默。

他在一旁點點頭：「願意……謝謝總教練。」

總教練站起來，拍拍他的肩膀：「在這個學校，你要獲得先發的機會比較渺小，後衛的位置，恐怕很難取代他們兩個。要練前鋒，你速度也不夠快，身高也不夠高，練中鋒，那就更不必說了，相信你也知道，隊上有兩個超過二百公分的長人，明後年還會補進新的長人，因此，說真的，你的機會真的很渺茫。不過……」

當總教練說「不過……」時，停頓了一會兒。

「總教練，不過、不過……什麼？」文義擦乾淚，認為自己似乎還有一絲絲機會。

「你願不願意轉學到別的學校？從高一讀起，但是，你去年打過IBL資格賽，不管轉到甲級或乙級的學校，都必須禁賽一年，高二就有機會可以打。不知道你的想法是什麼？」總教練仔細的說明。

文義搖搖頭，哭得更傷心了，難道，在這所學校真的永遠沒機會了嗎？連總教練都要放棄他，直接請他轉學。

總教練接著說：「你回家想清楚，如果需要我幫你介紹學校，我有把握推薦你到甲級或乙級的學校，只要你不受傷，一定讓你有機會上場比賽。你想想吧？再告訴我。」

總教練摟著他的肩走出教練室，陪著他走出校門並互相道別。

文義頭也不回的跑回家。

我也跟著文義後面跑，但追不上他的速度。果然，年輕就是本錢，我不得不服老。

文義回家後，關在房間裡抱頭痛哭。這樣的場景，我以前大學聯考沒考好時，也是跟他一樣躲在房間哭。

當他的父母回家時，和文義討論未來的籃球路何去何從？看得出他父母內心相當不捨，不過，也充分尊重他的決定；選擇只要禁賽一年，高二就可以參加教育部聯賽的乙級球隊。

中秋連假後的星期一，文義立刻找總教練，幫他轉學到另一所乙級的高中球隊。

我相當內疚，也感到非常欣慰。內疚的是我的大腿骨無法讓文義長得更高，跑得更快；欣慰的是文義不輕易放棄自己的夢想！祝福他一年後大放光芒！

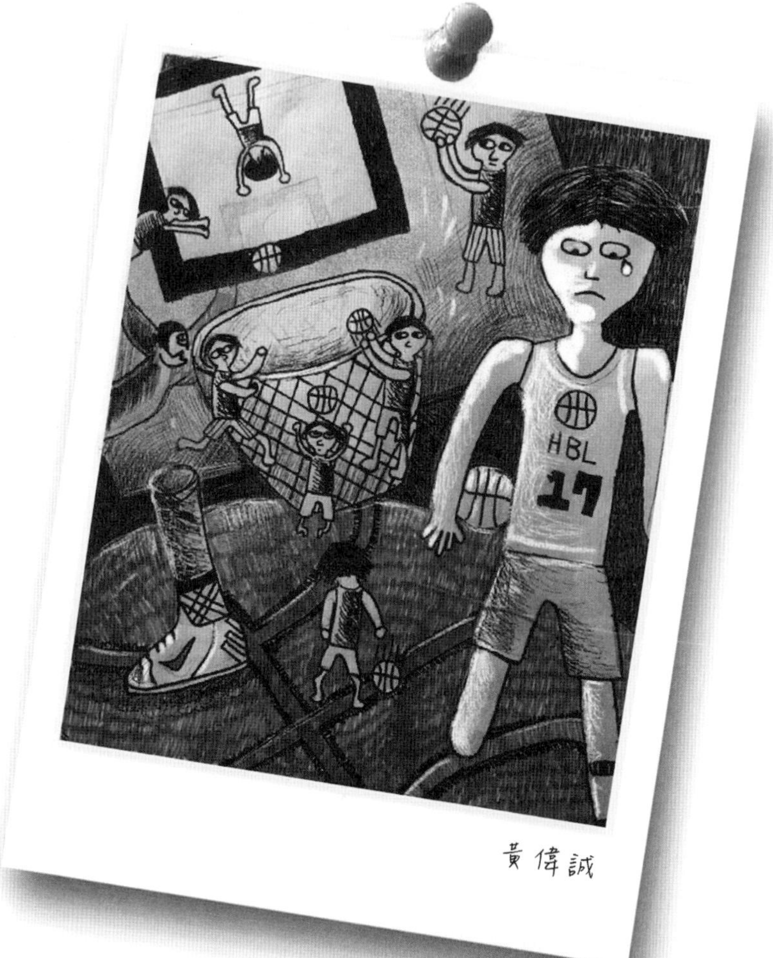
HBL
17
黃偉誠

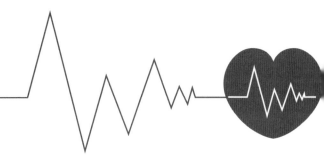

換肺的老農

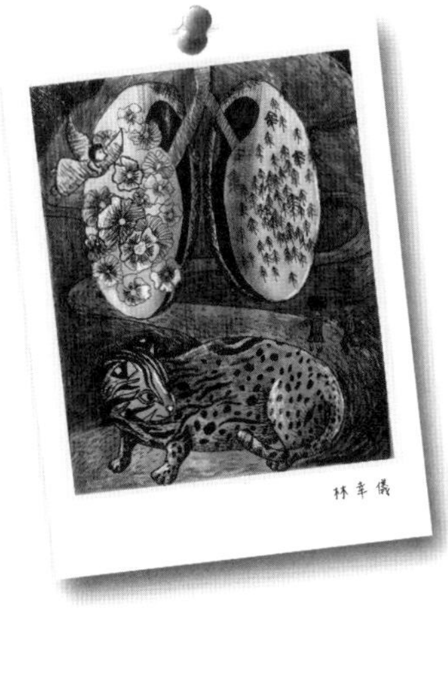

文義的哭聲還迴盪在我耳邊，好捨不得他。接著探望移植我肺臟的老農。

老農陳東禾年約七十歲，在山坡地種植草莓和柑橘，雖到退休年齡，仍然日出而作，日落而息。三名兒女早成家立業各奔東西，只剩他和妻子守著這片山坡地。

今年農曆年後，一波波的寒流接踵而來，他常常覺得胸悶，呼吸不順暢，每走幾步路就會喘，必須停下來休息。每天，他和妻子依舊得上山工作。有一天，接近中午的時候，他突然感到胸痛，無法順利呼吸，趴在田埂上動彈不得。妻子趕忙下山求救，救護人員上山揹著他，搭上救護車直奔醫院。

經醫生診斷後，他是因為肺氣腫合併反覆肺部感染，導致嚴重缺氧，必須住院，進行氣切治療。但效果不佳，直到移植我的肺臟後，才逐漸康復。

現在，老農陳東禾終於可以大口呼吸山林的新鮮空氣，走起路來健步如飛，他的年紀還比我阿公少個十來歲，不過，看起來相當硬朗。三名兒女也懇求他退休，不要再到山上種水果了。恰巧，政府正著手規劃山坡地成為石虎保育區。政府每個月定期發放的老農津貼，也夠他們夫妻應付日常生活花費了。

老夫妻少了農事的繁忙，每天可以輕鬆自在的過日子。那片即將成為石虎保育區的山林，是他們每天爬山的地方。已開發的果園，產業道路蜿蜒而上。除了他家的果園任由果樹自然生長外，大部分的果園仍然是果農依賴的生活支柱。沿路上山，順便和鄉親打招呼，關心每個果農的生活情形。

在這個純樸的山城裡，陳東禾曾經是水果產銷班的班長，幫助過無數的果農從事水果種植的相關技術，也幫助農民賣出好價錢。因此，大部分果農相當感謝他，也當他是生命中的貴人。

我本以為探望東禾老先生的行程相當順利，卻在石虎保育區規劃說明會後，又發生令我擔心的事。

某一個周末，農委會和縣政府農業局的科長到村莊活動中心，向果農們說明「石虎保育區」劃設的範圍。為了保護石虎的食物鏈源源不絕，在保育區內的果園，禁止噴灑農藥，施放化學肥料。當科長說完後，整個會場鼓譟喧鬧。果農開始擔心不噴農藥不施肥，果樹怎麼生長得好？產量勢必降低，經濟來源勢必受到衝擊，將來如何過生活？

東禾老先生也為果農請命，拜託科長劃設石虎保育區同時，也要顧及果農生計，如果禁止果農噴灑農藥，施放化學肥料，勢必減少果農收入，讓果農很難生活得無憂無慮。科長也表示農委會和縣政府一定會依據相關法令，提供果農們些許補助，但無法保證全額補助，希望果農們也能諒解。

有些果農非常憤怒，不願意接受石虎保育區設置。他們小時候常看到石虎在果園裡捕抓老鼠或野兔，現在確實較少見到這樣的畫面，但總不能因為如此，為了保護石虎，犧牲他們的收入。甚至還有果農氣憤的說：寧可照顧畜生，也不要照顧人！他們要政府負責，不要斷了他們的生計。

「石虎保育區」劃設說明會不歡而散，東禾老先生留在現場和大家共同商討對策。主戰派的果農認為必須抗爭到底，甚至不甩政府的禁令，該噴灑農藥時就噴灑，該施放化學肥料時就施肥。人都快活不下去了，還管石虎的死活做什麼？那些石虎只是「山貓」而已，為什麼政府要保護牠們啊？主和派的果農認為如果政府補助的錢和原先水果生產的售價差不多，就同意政府的規劃。重點是政府的補助金額真的比原先果農的收入減少約一半，真的也是讓人無法接受。

主戰派、主和派僵持不下，不過，看起來主戰派的聲量大了些。東禾老先生答應大家給他一些時間奔走，盡量讓大家滿意；可以保護石虎，又可以維持生計。

我擔心的事即將發生，很怕東禾老先生為果農爭取權益，疏忽照顧自己的身體，才剛移植肺臟的大手術，必須遠離壓力，才能夠恢復以往的健康。

說明會的激烈場面，隔天上了各平面及電視媒體，報導內容仍是在保育石虎和維持果農生計兩難間拔河。瀕臨絕種的臺灣石虎必須保護，果農生計當然也需要兼顧。如何創造雙贏？考驗政府和民間的智慧。媒體也點出石虎活動範圍橫跨兩個縣市，數量估計約在三百至五百隻之間。連日媒體持續關注石虎保育和農民生計的衝突點，成為新聞焦點，全臺灣人應該都知道石虎保育這件事了。政府為提升保育野生動物的國際形象，透過各種說明會持續和果農溝通，希望達成雙贏共好。

有一天晚上，東禾老先生召集所有的果農到他家，商討後續因應政府規劃石虎保育區的對策。

「我知道大家都很擔心生計問題，這幾天我想了想，也許我們生產的草莓、水梨、柳丁、橘子等水果，貼上石虎商標行銷，也請農委會和縣政府為我們廣告宣傳，發展出石虎保育區的有機水果，相信以臺灣人的消費水準和注重養生的觀念，或許可以增加我們更多的收入，大家覺得如何？」東禾老先生開宗明義的說。

東禾老先生肺活量滿檔，中氣十足，語氣鏗鏘有力，不愧是換了我的肺，至少讓他回到四十多歲的年代。

果農們七嘴八舌的議論紛紛；主和派的果農大多數贊成，主戰派的果農持保留的態度，甚至擔心有機耕種後，水果產量減少，價錢勢必變得昂貴，市場反應會變差，到時候真的要喝西北風了。

「東禾伯，如果我們以石虎做為水果銷售的商標，萬一農委會和縣政府不幫助我們宣傳或廣告怎麼辦？沒有人知道我們的水果是有機生產的，到時候，不是又白費工了。」主戰派的文俊提出這樣的疑問，文俊是青農返鄉計畫的成員，回到故鄉種水果已經二年多了，他家大約有一公頃的山坡地。

聽文俊一提，主戰派的果農又開始議論紛紛。

東禾老先生開口說：「文俊的擔心和我一樣，明天，我會去找鄉長，請鄉長幫助我們。」

隔天，東禾老先生到鄉公所找鄉長談石虎有機水果品牌這件事，鄉長相當支持並承諾一定會把果農們的想法，告訴縣長和在地選出的立法委員；果然，縣長和立委都贊成東禾老先生和果農們的建議。縣長也指示縣政府相關單位，著手向經濟部申請石虎商標，也指示農業局輔導農民有機耕種的技術和補助所需費用，務必讓果農們不需要再另外花錢，可以安心的進行有機耕種。

接下來的日子，農委會和縣政府陸續召開說明會。在最後一次的說明會中，鄉長、立法委員、縣長和農委會主委都來了，這次不再說明，而是舉辦石虎商標有機水果記者會。電視及平面媒體記者、攝影機，擠滿縣政府大禮堂，透過新聞畫面傳送到各地。

政府相關單位成功的行銷石虎商標有機水果，接下來就要看市場反應了。果農們相當期待開出漂亮的成績單，東禾老先生備感壓力，希望的可以讓果農們生活得更富裕，也保育兒時常見的「山貓」，讓下一代子孫也有機會看到石虎在山林裡生活。

看著東禾老先生年紀一大把，願意為鄉親爭取權益，也願意為保育野生動物盡最大的心力，真的是令我欽佩。我真的很喜歡看他說話的樣子，語氣鏗鏘而有力，語調溫柔而堅強，特別是領袖的魅力，讓果農們相信他可以處理好一切。未來，石虎保育和果農生計都能兼顧，或許還能夠促進當地的觀光，進一步提升臺灣保育野生動物的國際形象。

看到果農權益和石虎保育可以均衡發展，看到東禾老先生健康的模樣。我可以放心的離開這個地方了，繼續向下一站，探望移植我小腸的農婦。

林辛儀

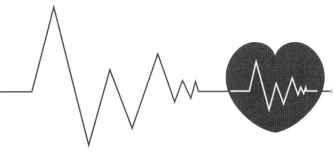

腸生不老

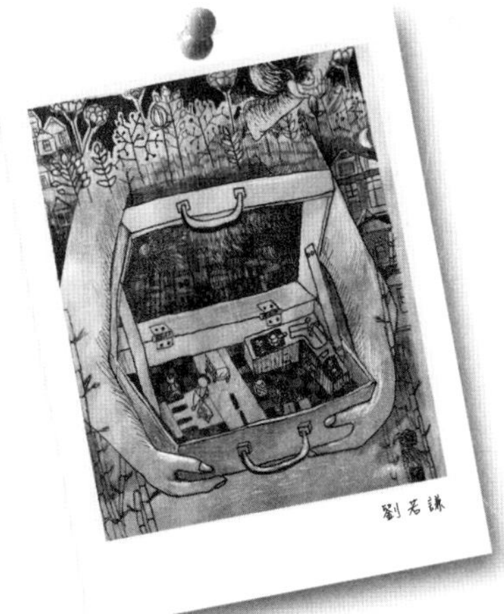

移植我肺臟的果農陳東禾，現在退休了，可以提供種植草莓、柑橘等豐富經驗給其他果農參考。我轉往下一站探望種竹筍的農婦黃金枝，她移植我的小腸，現在可以順利進食。

黃金枝從小就生長在這個靠近山邊的村莊裡，嫁給同村的先生後，在山坡地種植一大片的竹林，每年，收成竹筍成為家中經濟主要收入。公公、婆婆早逝，栽培一對兒女大學畢業，分別在高雄和臺南工作並且成家立業。現在，種竹筍成為她們夫妻倆生活的一部分。

每天，她的先生總會開著農用搬運車，沿著山路蜿蜒而上，準備到竹筍園。車行在山路上，一邊是山壁，一邊是邊坡，看似愜意，其實有些許危險。如果方向盤一偏，偏向邊坡的方向，整部車便會沿著邊坡滾落。她的先生總是有把握的說：就算矇著眼，也可以順利的開到竹筍園。

這一天，黃金枝的先生早上吃了感冒藥，有點恍惚。本來要在家休息，卻為了送她到竹筍園，硬撐著沉重的眼皮，開著農用搬運車，在山路上爬行。說時遲，那時快，才爬上第一個坡，必須右轉彎，方向盤卻不聽使喚往左邊轉，搬運車滾落邊坡；一陣天旋地轉，她只記得身體不斷的向下方滾動，好像小時候玩溜滑梯的感覺，但是溜滑梯很開心，這次卻非常痛，痛得無法承受。

黃金枝躺在病床上，吃力的張開眼皮，床邊高掛點滴筒，手腳多處擦傷，右手骨折，脾臟撕裂出血，輕微腦震盪。她不知道什麼時候進了醫院？也不知道現在究竟是什麼情形？她應該算是幸運的，從邊坡滾落，卻幸運的保住生命。她的先生被搬運車壓住頭，在救護車上就沒了呼吸和心跳。她的一對兒女，急忙返回家處理她先生的後事，並請好看護照顧她，一對兒女每天輪流到醫院探望她。

外科醫生第三天巡房，問黃金枝排氣了嗎？得到否定的答案，繼續以點滴提供營養。但外科醫生也覺得怪，怎麼開刀三天了還沒排氣？真是罕見的案例。後來，會同腸胃科醫生診治，透過電腦斷層圖片，發現她的小腸血管阻塞而形成腸壞死，難怪無法排氣。如果找不到適合的小腸移植，一輩子得打點滴維持生命，那真的影響原來的生活品質。

還好，我的小腸經過比對後，可以移植給黃金枝，讓她免於打點滴維持生命的慘況。

經過這一場意外，黃金枝把山坡地轉售給鄰居，現在就依靠老農年金和長年的積蓄過生活，她獨居在村莊裡的小平房，在後院養養雞，種種菜，生活無憂無慮；只是想起老伴時，就獨自躲在房間哭泣。偶爾會有鄰居來串串門子，解解她的苦悶。假日的時候，一對兒女會帶著孫子輪流回來看她，那也是她最快樂的時光了。

一對兒女也鼓勵她加入村裡的老人會，參加每個月一次的共餐慶生活動，定期到臺灣各地去旅行，有時候也可以出國玩。這樣，才不會無聊。歷經喪夫之痛，黃金枝確實有段時間行屍走肉，不願和外人來往，有時就連兒女打來的電話也不接。偶爾也會怪自己，甚至痛恨自己，在先生吃感冒藥當天早上，沒有堅持不讓他開搬運車，不然，現在夫妻倆應該還是開心的種竹筍，開心的迎接每一天的到來。

村裡的鄰居約她一起到附近的國小當導護媽媽，一天站三次導護崗，可以移轉她的生活重心。不論晴天和雨天，我都陪著她站導護崗，漸漸的，她期待站導護的時間，可以看到小朋友開心的說：導護阿嬤好，就好像看到自己的孫子般。早上導護崗後，她更會到國小附設幼兒園廚房幫忙洗菜、切菜，和廚房的志工和廚工阿姨，一起完成幼兒園的餐點和中餐，緊接著再去站中午的導護崗。然後回家小睡一會兒，稍微打掃家裡環境，快四點時，再趕著去站下午的導護崗。聽見放學時，孩子向她說：導護阿嬤再見！她覺得活著真好，還有小朋友需要她，人生總算還有一些存在的價值。

在學校站導護崗一段時間，她也發現有些孩子的生活確實有困難，有的因父親臨時失業，失去家裡的經濟支柱；有的父母離婚，和阿公、阿嬤住在一起，缺少父母的關愛；有的孩子買不起新的球鞋；有的買不起文具用品；有的沒有錢參加學校辦的校外教學。想想自己的小孩和孫子，至少比這些可憐的孩子幸運多了。

她從一只舊皮箱；那是她的嫁妝。翻出農會的存摺，仔細看存款數字，已有七位數。想想自己的生活很簡單，每個月也有政府的老農津貼。她暗自決定以先生的名義，在學校成立獎助學金，交給學校彈性運用，幫助政府幫助不到的孩子，可以讓這些孩子安心的上學，不必擔心錢的問題。

那一天，她站完早上的導護崗，帶著一百萬現金到校長室找校長。校長知道她是導護志工，很熱情的招呼，並請她坐下來，倒了杯溫開水給她。

「校長，我這裡有一百萬，捐給學校，幫助那些可憐的孩子。」

黃金枝小心翼翼的從手提袋拿出一疊一疊的千元大鈔。

校長有點為難的說：「啊！金枝阿嬤，你捐太多錢了啦！這樣，我們學校承擔不起，何況，你也要過生活啊。這樣……不太好啦。」

黃金枝臉上掛著笑容說：「校長，你放心，我有錢，我有老農津貼，還有一些積蓄。不要客氣啦！我想要幫助那些可憐的孩子。但是，我要拜託你，這筆錢用我的先生名義捐，功德迴向給他，希望他在天上過得很快樂。」

說著說著，他又開始啜泣了。

校長趕忙抽幾張衛生紙給她，眼眶泛紅的說：「金枝阿嬤，謝謝你對孩子的疼愛，我會轉達你的愛心，以你先生的名字成立獎助學金專款專用。我替孩子們再次的感謝你。」

校長請出納組長開收據，並收下這筆錢，請學務主任製作感謝狀；本想利用兒童朝會公開表揚她的義行，但是她想低調一點，婉拒校長的好意。

黃金枝捐的錢，讓無數的孩子可以購買文具用品，參加校外教學，讓無數的孩子享受更充裕的教育資源。

在上放學時段，依舊可以看見黃金枝導護的身影，親切的向每個孩子噓寒問暖。

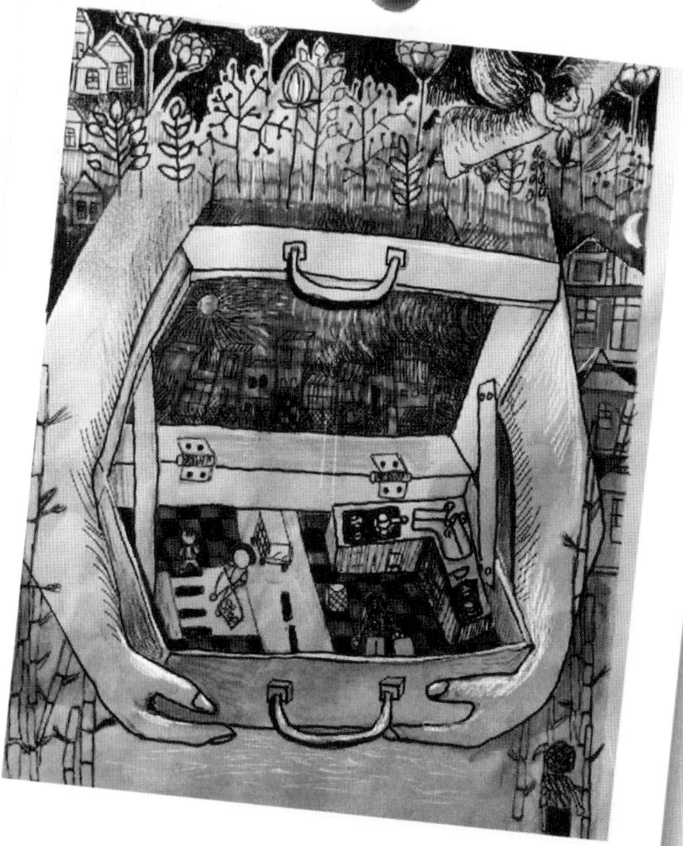

劉若謙

真英雄

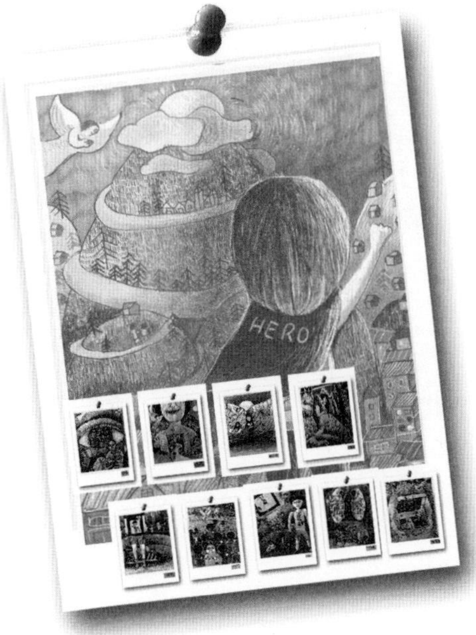

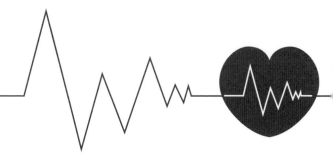

這些日子以來，探望接受我的器官移植的陌生人。看到他們都平安，也活得自在，內心感到欣慰。我的器官在他們的身上，代表我的一部分還活在人世間，只是失去我的靈魂。衷心期盼，他們可以永遠不受病痛折磨，平安的過每一天。

返回我現在生活的國度的路上，回想接受我器官移植的人們，我的器官在他們的體內繼續存活著，多奇妙的感覺啊；男歌手的雙眼，是我的眼角膜，讓我可以看到演唱會的盛況。賣水果的老婆婆，有我的胰臟，幫助她消化食物。遭灼傷的大學女生，臉上和身上的皮膚是我的，可以讓我感受冷熱。準備大學指考的高中女生，有我的肝，為她注入滿滿的元氣。田徑隊的小學男生，有我的腎，讓他可以順利的小便。先天性心臟病的國中男生，有我的心臟，讓他有機會參加大隊接力。曾經是ＳＢＬ的男子籃球員，移植我的大腿骨，讓他繼續在籃球場上發光發熱。山城的果農，移植我的肺，讓他可以順暢的呼吸山林的清新。種竹筍的農婦，有我的小腸，讓她可以擺脫點滴的糾纏，持續擔任導護志工。

我很開心，可以捐贈器官讓他們好好的活下去，想起小學老師送我的話：做一個有用的人。相信他們可以勇敢的活下去，而且做一個有用的人。他們都是我心目中的真英雄！

我覺得：人的軀殼只是一具臭皮囊，當生命結束的時候，軀殼就像垃圾一樣。只有靈魂還會活著；只有精神還會流傳。我一直認為死有重於泰山，輕於鴻毛。我把活著的器官捐出來給需要的人，就像我還繼續活著一樣，可以為國家、為社會盡一份心力，我感到很光榮！

我始終相信，幫助別人，可以讓自己更快樂。助人的事蹟及名聲，必定會一代傳一代。我開始幻想：接受我器官移植的人們，日後，他們也會捐贈身上有用的器官，幫助更多人順利的活下去。

在我還有機會探望他們之前，祈求上天保佑他們平安健康！

國家圖書館出版品預行編目資料

英雄英雄我愛你/何元亨著
--初版--臺北市：少年兒童出版社：2020.1
ISBN：978-986-9713-62-7(平裝)

863.59　　　　108021895

英雄英雄我愛你

作　　者：何元亨
編　　輯：塗宇樵
美　　編：塗宇樵
封面設計：蔡秀佳
出 版 者：少年兒童出版社
發　　行：少年兒童出版社
地　　址：台北市中正區重慶南路1段121號8樓之14
電　　話：(02)2331-1675或(02)2331-1691
傳　　真：(02)2382-6225
E—MAIL：books5w@gmail.com或books5w@yahoo.com.tw
網路書店：http://bookstv.com.tw/
https://www.pcstore.com.tw/yesbooks/
博客來網路書店、博客思網路書店
三民書局、金石堂書店
總經銷：聯合發行股份有限公司
電　　話：(02)2917-8022 傳真：(02)2915-7212
劃撥戶名：蘭臺出版社帳號：18995335
香港代理：香港聯合零售有限公司
地　　址：香港新界大蒲汀麗路 36 號中華商務印刷大樓
C&CBuilding,36,Ting,Lai,Road,Tai,Po,New,Territories
電　　話：(852)2150-2100 傳真：(852)2356-0735
出版日期：2020年1月初版
定　　價：新臺幣250元整（平裝）
I S B N ：9789869713627